LA LÉGENDE
DU SAINT BUVEUR

JOSEPH ROTH

LA LÉGENDE DU SAINT BUVEUR

nouvelle

TRADUITE DE L'ALLEMAND PAR
DOMINIQUE DUBUY ET CLAUDE RIEHL

ÉDITIONS DU SEUIL
27, rue Jacob, Paris VI e

CE LIVRE EST ÉDITÉ PAR ANNE FREYER

Titre original : *Die Legende vom heiligen Trinker*

ISBN original : 3-462-01108-1
ISBN de l'édition de poche : 3-462-01555-9

ISBN 2-02-009340-5

I

Par un soir de printemps de l'année 1934, un monsieur d'un certain âge descendait les degrés de pierre d'un de ces ponts qui enjambent la Seine, et qui permettent d'accéder à ses rives. A cette occasion, il n'est pas inutile de rappeler à la mémoire des hommes, encore que ce fait soit connu du monde entier ou presque, que c'est là, à Paris, que les sans-abri ont coutume de dormir ou, pour mieux dire, de coucher à même le sol.

Or il advint que l'un de ces sans-abri s'avançait dans la direction du monsieur d'un certain âge dont la mise en l'occurrence était soignée et faisait penser à ces voyageurs qui, dans chaque ville étrangère, ne manquent jamais de passer en revue toutes les curiosités. Ce sans-abri avait certes la même allure négligée et pitoyable que tous ceux dont il partageait l'existence, mais le monsieur à la mise soignée, et d'un certain âge, considéra qu'il était digne d'une attention toute particulière : pourquoi, nous l'ignorons.

C'était, comme on l'a déjà dit, le soir, et sur les rives du fleuve, dessous les ponts, il faisait bien plus sombre, en vérité, que là-haut sur les quais et dessus les ponts. L'homme sans-abri et visiblement négligé titubait un peu et ne semblait pas avoir remarqué le monsieur d'un certain âge et à la mise soignée. En revanche, celui-ci, loin de tituber, s'avançait à sa rencontre d'un pas ferme et décidé ; et à l'évidence il avait remarqué de loin l'homme qui titubait. Sans plus de façons, le monsieur d'un certain âge barra le chemin à l'homme négligé. Et ils demeurèrent face à face.

— Où allez-vous, frère ? demanda le monsieur d'un certain âge et à la mise soignée.

L'autre le regarda un court instant, puis il dit :

— Je ne savais pas que j'avais un frère et j'ignore où mon chemin me mène.

— Je vais tenter de vous montrer le chemin, dit le monsieur. Toutefois ne m'en veuillez pas si je vous prie de me rendre un service quelque peu inhabituel.

— Je suis prêt à rendre n'importe quel service, répondit l'homme négligé.

— Je vois bien, certes, que vous commettez certaines fautes. Mais c'est Dieu qui vous envoie sur mon chemin. Je suis sûr que vous avez besoin d'argent. Ne prenez pas ça mal ! J'en ai de trop. Voulez-vous me dire franchement combien il vous faut ? Du moins pour l'instant.

L'autre réfléchit quelques secondes, puis il dit :

— Vingt francs.

— C'est trop peu, assurément, repartit le monsieur. C'est deux cents qu'il vous faut.

L'homme négligé fit un pas en arrière et on eût dit qu'il allait tomber ; et en vérité il chancelait, mais il ne tomba pas. Il dit :

— Sans doute deux cents francs me conviendraient mieux que vingt, mais sachez que je suis un homme d'honneur. Vous vous trompez sur mon compte à ce qu'il semble. Cet argent que vous m'offrez, je ne peux l'accepter, et ce pour les raisons suivantes : premièrement, je n'ai pas l'honneur de vous connaître ; deuxièmement, je ne saurais ni quand ni comment vous le rendre ; troisièmement, je ne vois pas comment vous pourriez me le réclamer. Car je n'ai pas d'adresse et, voyez-vous, j'habite presque chaque jour sous un autre pont. Il n'empêche, comme je l'ai déjà souligné une fois, que, même sans adresse, je suis un homme d'honneur.

— Moi non plus je n'ai pas d'adresse, répondit le monsieur d'un certain âge, moi aussi je dors chaque jour sous un autre pont, je vous prie néanmoins de me faire l'amitié d'accepter ces deux cents francs — une somme ridicule du reste pour un homme de votre qualité. Pour ce qui est du remboursement, cela m'entraînerait trop loin de vous expliquer pourquoi je ne puis vous indiquer de banque où rapporter cet argent. Sachez seulement que je suis devenu chrétien après avoir lu l'histoire de la petite sainte Thérèse de Lisieux. Depuis lors, je vénère tout particulièrement la petite statue de la sainte qui se trouve à la chapelle Sainte-Marie-des-Batignolles et que vous trouverez aisément. Ainsi, dès que vous serez en possession de ces misérables deux cents francs et si jamais, un jour, votre conscience vous force à vous acquitter de cette somme ridicule, allez, je vous prie, à Sainte-Marie-des-Batignolles et remettez là-bas cet argent au prêtre qui aura dit la messe. Si tant est que vous soyez redevable à quelqu'un, c'est assurément à la petite sainte Thérèse. Mais n'oubliez pas : à Sainte-Marie-des-Batignolles.

— Je vois, dit alors l'homme négligé, que vous m'avez pleinement compris, moi et ce que j'entends par honneur. Je vous donne ma parole, monsieur, que je tiendrai parole. Mais je ne puis aller à la messe que le dimanche.

— A votre aise. Le dimanche donc, dit le monsieur d'un certain âge.

Il sortit de son portefeuille deux cents francs, les tendit à notre homme qui chancelait toujours et dit :

— Je vous remercie !

— Tout le plaisir est pour moi, répondit l'autre qui disparut aussitôt dans les ténèbres.

Car, entre-temps, tout s'était obscurci en bas, tandis qu'en haut, sur les ponts et le long des quais, les réverbères d'argent s'enflammaient un à un pour annoncer la joyeuse nuit de Paris.

II

L'homme bien habillé disparut à son tour dans les ténèbres. En vérité, le miracle de la conversion lui avait été accordé. Et il avait résolu de mener la vie des plus pauvres. Et c'est pourquoi il vivait sous les ponts.

Mais en ce qui concerne l'autre, c'était bel et bien un buveur, et même franchement un ivrogne. Il s'appelait Andreas. Et il vivait à la faveur de hasards comme nombre de buveurs. Cela faisait bien longtemps qu'il n'avait pas eu deux cents francs en poche. Et c'est peut-être parce que cela faisait si longtemps que sous un pont, à la lumière chiche d'un des rares réverbères, il sortit un morceau de papier et un petit bout de crayon et qu'il nota l'adresse de la petite sainte Thérèse, ainsi que la somme de deux cents francs qu'il lui devait dès cet instant. Il gravit l'un des escaliers qui conduisent des rives de la Seine aux quais. Là-haut, ça il le savait, il y avait un restaurant. Et il entra, il mangea, il but abondamment, il dépensa beaucoup d'argent, et par-dessus le marché il s'acheta toute une bouteille en prévision de la nuit qu'il comptait passer sous les ponts, comme d'habitude. Oui, et même il puisa dans une corbeille à papiers un journal. Non pas pour le lire, non, mais pour s'en couvrir. Car les journaux tiennent chaud. Cela, tous les sans-abri le savent bien.

III

Le lendemain matin, Andreas se leva plus tôt que d'ordinaire, car il avait extraordinairement bien dormi. Après avoir réfléchi un bon moment, il se souvint enfin que, la veille, il avait vécu un miracle. Un miracle. Comme en cette chaude nuit-là, protégé par son journal, il pensait avoir dormi comme il n'avait plus dormi depuis longtemps, il résolut de se laver, ce qui, depuis bien des mois, en l'occurrence les mois d'hiver, ne lui était plus arrivé. Cependant, avant de se débarrasser de ses vêtements, il mit la main dans la poche intérieure gauche de sa veste, là où, dans son souvenir, devait se trouver le reste palpable du miracle de la veille. Alors il chercha un endroit fort à l'écart sur la berge de la Seine pour se laver tout au moins le visage et le cou. Mais comme il lui semblait que, où qu'il aille, des hommes, de pauvres hommes de son espèce (déchus, comme tout à coup il se surprenait à les appeler) pourraient assister à ses ablutions, il renonça finalement à son projet, et il se contenta de plonger les mains dans l'eau. Après cela, il renfila sa veste, vérifia encore une fois que le billet de banque se trouvait toujours dans sa poche intérieure gauche et il se sentit alors tout à fait propre et même, en vérité, métamorphosé.

Il entama la journée, une de ces journées qu'il était accoutumé à gaspiller depuis des temps immémoriaux, bien décidé à se rendre comme toutes les journées rue des Quatre-Vents, au restaurant russo-arménien *Tari-Bari* dans lequel il dépensait en breuvages bon marché les rares pièces que lui accordait quotidiennement le destin.

Mais, dès le premier kiosque à journaux, il s'arrêta,

attiré par les illustrations de certains magazines, mais aussi piqué par la curiosité de savoir quel jour on était, et quel nom, quelle date portait ce jour. Il acheta donc un journal et vit qu'on était jeudi, et brusquement il se souvint qu'il était né un jeudi, et, sans même regarder la date, il décida que *ce* jeudi-là serait le jour de son anniversaire. Et, sentant monter en lui cette jubilation que l'enfant éprouve le jour de son anniversaire, il se dit qu'il fallait prendre sans plus attendre de bonnes, oui, de nobles résolutions : pas question d'entrer au *Tari-Bari* ! Aujourd'hui, le journal sous le bras, il irait dans une meilleure taverne, il prendrait un café, arrosé de rhum en vérité, et mangerait même une tartine beurrée.

Ainsi, la tête haute, et en dépit de ses vêtements en loques, il entra dans un bistrot bourgeois et s'assit à une table, lui qui généralement restait debout au bar, ou pour mieux dire s'y accoudait. Donc il s'assit. Et comme il y avait un miroir juste en face de lui, il ne put éviter d'y voir son visage. Et alors il eut l'impression de refaire connaissance avec lui-même. En vérité, cela l'épouvanta. Et il sut pourquoi ces dernières années il avait tant craint les miroirs. Car il n'était pas bon de constater de ses propres yeux sa propre déchéance. Et tant que l'on n'y était pas obligé, cela revenait à peu de chose près à n'avoir pas de visage du tout ou à avoir celui d'*avant* la déchéance.

A présent, il était épouvanté, comme nous l'avons dit, et ceci d'autant plus qu'il comparait sa physionomie avec celle des hommes bien mis qui se trouvaient dans son voisinage. La semaine dernière, il s'était fait raser, tant bien que mal et plutôt mal que bien par l'un de ses compagnons d'infortune, un de ceux qui, çà et là, moyennant quelques sous, se proposent de raser leurs frères. Mais, dès lors qu'on avait décidé de commencer une vie nouvelle, il s'agissait avant tout de se faire raser au vrai sens du terme et une bonne fois pour toutes. Il décida donc, avant de commander quoi que ce soit, de se rendre chez un vrai coiffeur.

Aussitôt dit, aussitôt fait — et il alla dans un salon de coiffure.

Quand il revint à la taverne, sa place était prise. Et maintenant le miroir était plus loin qu'auparavant. Mais encore assez proche pour qu'il reconnaisse combien il avait changé, et combien il avait rajeuni et embelli. Oui, et même de son visage émanait comme une lueur qui éclipsait l'état désolé de ses vêtements, — tant le plastron, dont on voyait bien qu'il était troué, que la cravate aux rayures rouges et blanches et nouée autour du faux col au bord craquelé.

Ainsi donc, il s'était assis, notre Andreas, et conscient de sa récente transformation, et avec cette voix qui avait recouvré toute son assurance d'autrefois et qu'il retrouvait aujourd'hui telle une chère et vieille amie, il commanda un « café, arrosé rhum ». Et on le servit, en effet, et avec toutes les marques de respect qui conviennent de la part d'un garçon quand il sert des clients respectables, – c'est du moins ce qu'il crut remarquer. Notre Andreas en fut tout particulièrement flatté, ceci le grandissait même à ses propres yeux et le confortait dans sa conviction que ce jour-là était bien celui de son anniversaire.

Un monsieur, qui était assis seul à proximité du sans-abri et qui l'observait depuis un certain temps, se tourna vers lui et dit :

– Voulez-vous gagner un peu d'argent ? J'ai un travail à vous proposer. Je déménage demain. Et vous pourriez aider ma femme et les déménageurs. J'ai l'impression que vous êtes assez solide pour cela. Ça irait ? Vous acceptez, bien sûr ?

– Mais certainement, répondit Andreas.

– Et combien demandez-vous pour deux jours ? reprit le monsieur. Pour demain et samedi. Car il faut que vous sachiez que j'ai un appartement relativement grand et que celui où j'emménage l'est encore plus. Pour ce qui est des meubles, ils sont nombreux. Quant à moi, j'ai à faire dans mon magasin.

– Je suis votre homme ! dit le sans-abri.

– Vous voulez boire quelque chose ? s'enquit le monsieur.

Il commanda deux Pernod, et ils trinquèrent, le

monsieur et Andreas, et sur le salaire aussi ils tombèrent d'accord : Andreas recevrait deux cents francs.

— On en boit un autre ? demanda le monsieur après avoir fini son verre.

— Mais cette fois c'est moi qui paie, dit Andreas, le sans-abri. Car vous ne le savez peut-être pas : mais je suis un homme d'honneur. Un travailleur honnête. Regardez mes mains ! (Et il montra ses mains.) Elles sont peut-être sales et calleuses, mais ce sont les mains d'un travailleur honnête.

— Voilà qui me plaît, dit le monsieur.

Il avait des yeux étincelants, un visage poupin et rose et, au beau milieu de ce visage, une fine moustache noire. C'était, tout compte fait, un homme assez chaleureux et il plut bien à Andreas.

Alors ils burent, et Andreas paya la seconde tournée. Et quand le monsieur au visage poupin se leva, Andreas s'aperçut qu'il était très gros. Il sortit une carte de visite de son portefeuille et y écrivit son adresse. Puis il tira de ce même portefeuille un billet de cent francs, tendit le tout à Andreas et dit :

— Comme ça, je suis sûr que vous viendrez demain ! Demain matin à huit heures ! N'oubliez pas ! Je vous réglerai alors le complément, et après le travail nous reboirons un apéritif ensemble. Au revoir, cher ami !

Puis le monsieur s'éloigna, le gros monsieur au

visage poupin. Et rien ne stupéfia plus Andreas que de voir que le gros homme avait sorti du même portefeuille et l'adresse et l'argent.

Et maintenant qu'il avait de l'argent et, de surcroît, la perspective d'en gagner davantage, il décida de se procurer lui aussi un portefeuille. A cet effet, il se mit à la recherche d'une maroquinerie. Il s'arrêta devant la première qui se trouva sur son chemin. Il y vit une jeune vendeuse. Et à la façon dont elle se tenait derrière son comptoir, elle lui parut bien jolie, dans sa tenue noire et stricte, avec sa bavette blanche sur la poitrine, ses frisettes dans les cheveux et son lourd bracelet d'or au poignet droit. En arrivant devant elle, il ôta son chapeau et dit en souriant :

— Il me faudrait un portefeuille.

La jeune fille l'examina rapidement et, malgré l'état pitoyable de ses habits, il n'y avait rien d'hostile dans son regard. Elle avait voulu simplement se faire une idée de son client, car elle avait dans sa boutique des portefeuilles chers, d'autres moyennement chers, et certains enfin qui étaient très bon marché. Pour s'épargner des questions superflues, elle grimpa aussitôt sur une échelle et prit un carton sur la plus haute étagère. C'est là, en effet, que se trouvaient les vieux portefeuilles que le magasin avait repris à certains clients qui en avaient acheté de neufs. A cette occasion, Andreas découvrit que cette jeune fille avait de très belles jambes et qu'elle portait aux pieds des escarpins bien élégants, et il se souvint de ces époques à demi enfouies dans sa mémoire où, lui aussi, il avait caressé des jambes bien galbées et embrassé les pieds délicats des femmes. Mais les visages de ces femmes, il les avait tous oubliés, à l'exception d'un seul cependant, celui pour lequel on l'avait jeté en prison.

Mais la jeune fille était déjà redescendue de l'échelle. Elle ouvrit la boîte, et il choisit l'un des portefeuilles qui se trouvait tout au-dessus, sans même prendre le temps de l'examiner de plus près. Il paya, remit son chapeau, sourit à la jeune fille, et la jeune fille lui rendit son sourire. Il fourra le portefeuille dans sa poche sans même songer à y ranger l'argent. Ce portefeuille lui apparaissait désormais comme quelque chose d'inutile, d'absurde. L'échelle, les jambes et les pieds de la jeune fille en revanche occupaient tout son esprit. C'est pourquoi il se dirigea vers Montmartre, à la recherche de ces endroits où jadis il avait connu le plaisir. Et dans une ruelle étroite et escarpée, il trouva une taverne avec des filles. Il s'attabla avec plusieurs d'entre elles, paya une tournée, puis il choisit une des filles, et ce fut celle qui était assise le plus près de lui. Puis il alla chez elle. Et bien que ce fût l'après-midi, il dormit jusqu'à l'aube, et comme les patrons avaient bon cœur, on le laissa dormir.

Le lendemain, le vendredi donc, il se rendit à son travail chez le gros monsieur. Là-bas, il s'agissait d'aider la maîtresse de maison à faire les cartons et, bien que les déménageurs eussent déjà fait le plus gros du travail, il restait encore toutes sortes de coups de main à donner. Cependant, à mesure que la journée s'avançait, Andreas sentait les forces lui revenir. Il était content de travailler. Car il avait été habitué dès son plus jeune âge à travailler. Comme son père, il avait été mineur, et un petit peu paysan aussi, comme son grand-père. Si seulement la maîtresse de maison l'avait laissé tranquille, si seulement elle ne l'avait pas tant énervé en lui donnant des ordres stupides qui l'envoyaient courir dans tous les coins, au point qu'il ne savait plus où donner de la tête ! Mais elle aussi, elle devait être énervée, il le comprenait bien. Elle avait peut-être comme tout un chacun du mal à s'accoutumer à cette idée de devoir déménager et peut-être nourrissait-elle quelque crainte à l'endroit de sa nouvelle demeure. Elle était habillée comme si elle allait sortir, avec son manteau, son chapeau, ses gants, son sac à main et son parapluie. Pourtant, elle devait bien savoir qu'il faudrait demeurer dans cette maison et ce jour d'aujourd'hui, et la nuit prochaine, et même toute la journée du lendemain. Et de temps à autre il fallait bien qu'elle se remette du rouge à lèvres, et Andreas trouvait cela parfaitement distingué. C'était une dame, après tout.

Andreas travailla tout le jour. Quand il eut terminé, la dame lui dit :

— Venez demain à sept heures précises.

De son petit sac, elle sortit une petite bourse qui contenait de la petite monnaie. Elle hésita longtemps, prit d'abord une pièce de dix francs entre ses doigts, mais elle la lâcha aussitôt, et se décida pour une pièce de cinq francs que, cette fois-ci, elle sortit de la bourse.

— Tenez, voilà un pourboire, dit-elle. Mais, ajouta-t-elle, ne dépensez pas tout à boire et faites en sorte d'être à l'heure, demain !

Andreas remercia, s'en alla, but tout le pourboire, mais pas au-delà. Il passa cette nuit-là dans un petit hôtel.

On le réveilla à six heures du matin. Et il se rendit frais et dispos à son travail.

IV

Ce matin-là, il arriva bien avant les déménageurs. Et, comme la veille, la dame de maison était déjà là, habillée de la tête aux pieds, avec son chapeau et ses gants, comme si elle ne s'était pas couchée de la nuit, et elle lui dit, d'un ton amical :

— Je constate avec satisfaction que vous avez suivi le conseil que je vous ai donné hier et que vous n'avez pas dépensé tout l'argent en boisson.

Andreas se mit donc au travail. Et en fin de journée il dut encore accompagner la dame dans la nouvelle maison où ils emménageaient. Là il attendit le retour du gros homme sympathique et celui-ci lui versa le salaire promis.

— Et si maintenant nous allions boire un verre, dit le gros monsieur. Venez, je vous invite.

Mais la maîtresse de maison s'en mêla et, se plantant devant son mari, elle dit :

— Nous allons manger.

Alors Andreas sortit seul ce soir-là, il but seul et mangea seul, puis il alla encore boire au comptoir dans deux autres tavernes. Il but beaucoup, mais ne s'enivra pas. Il prit bien garde de ne pas dépenser trop d'argent, car, fidèle à sa promesse, il voulait dès le lendemain se rendre à la chapelle Sainte-Marie-des-Batignolles pour s'acquitter tout au moins d'une partie de sa dette envers la petite sainte Thérèse. Toutefois ce qu'il but était loin d'être négligeable. Généralement, il avait l'œil pour trouver les hôtels les moins chers, il avait cet instinct que seule la pauvreté vous confère ; mais, ce soir-là, ces qualités lui firent décidément défaut.

Car l'hôtel qu'il trouva était tout de même quelque

peu cher, et là aussi il paya d'avance, puisque ses vêtements étaient en loques et qu'il était sans bagages. Mais cela lui était égal et il dormit d'un sommeil paisible, oui, et il dormit même jusque tard dans la matinée. Il fut réveillé par le bourdonnement des cloches d'une église voisine et il sut aussitôt que cette journée-là était importante : on était dimanche ; il devait aller chez la petite sainte Thérèse pour lui payer sa dette. Et le voilà qui saute dans ses vêtements et qui, en toute hâte, se dirige vers la place où se trouve la chapelle. Mais il s'en fallut beaucoup qu'il arrivât à l'heure pour la messe de dix heures car déjà l'église déversait le flot de ses fidèles. Il demanda quand commençait la prochaine messe et on lui répondit qu'elle avait lieu à midi. Il se sentit quelque peu désemparé lorsqu'il se retrouva tout seul devant l'entrée de la chapelle. Il avait encore une heure à attendre et il ne voulait en aucun cas la passer dans la rue. Il se mit donc à la recherche d'un endroit où il serait au mieux pour attendre. Il aperçut un bistrot sur sa droite, en face de la chapelle, et c'est là qu'il se rendit, et il décida d'y passer l'heure qu'il lui restait.

Avec l'assurance de l'homme qui sait qu'il a de l'argent en poche, il commanda un Pernod et il le but avec l'assurance de l'homme qui en a déjà beaucoup bu dans sa vie. Il en reprit un deuxième, puis un troisième, et plus il buvait, moins il rajoutait d'eau. Et quand arriva le quatrième, il ne se souvenait plus s'il en avait bu deux, cinq ou six. Pas plus d'ailleurs que de la raison pour laquelle il avait atterri dans ce café et dans ce quartier. La seule chose dont il se souvenait encore, c'est qu'il avait à s'acquitter d'une dette d'honneur et il paya, se leva, s'avança vers la porte d'une démarche assurée malgré tout, aperçut la chapelle là-bas à gauche, de l'autre côté de la rue, et immédiatement il sut de nouveau le comment et le pourquoi de sa présence ici. Soudain, avant même d'avoir pu faire ne serait-ce qu'un pas dans la direction de la chapelle, il s'entendit appeler par son nom. « Andreas ! » cria une voix, et c'était une voix de femme. Elle venait d'époques ensevelies sous les décombres de son existence. Il s'arrêta net et tourna la tête à droite pour voir d'où provenait cette voix. Et tout de suite il reconnut ce visage, ce visage pour lequel on l'avait jeté en prison. C'était Caroline.

Caroline ! A la vérité ce chapeau et ces vêtements ne semblaient pas bien aller avec la personne qu'avait connue Andreas, mais ce visage, c'était bien le sien, et alors, quand elle ouvrit les bras, il n'hésita plus un seul instant, il s'y précipita.

— Pour une rencontre, c'est une rencontre, dit-elle.

Et c'était à n'en point douter sa voix, la voix de Caroline.

— Tu es seul ? demanda-t-elle.

— Oui, dit-il, je suis seul.

— Viens, on va bavarder un peu, dit-elle.

— Mais... mais, j'ai un rendez-vous, répondit-il.

— Avec une fille ? demanda-t-elle.

— Oui, dit-il timidement.

— Qui c'est ?

— La petite Thérèse, répondit-il.

— Viens, t'occupe pas, c'est comme si elle avait jamais existé, cette fille-là, dit Caroline.

Au même moment, un taxi passa près d'eux et Caroline leva son parapluie pour lui faire signe de s'arrêter. Et, avant même qu'Andreas ait eu le temps de réaliser, elle avait indiqué une adresse au chauffeur et il se retrouva dans la voiture aux côtés de Caroline, et les voilà partis, filant à toute allure (à ce qu'il sembla du moins à Andreas) à travers des rues connues et inconnues, et Dieu sait vers quelles contrées !

Bientôt ils se retrouvèrent en dehors de la ville ; qu'il était vert, qu'il était lumineux, le paysage ! C'était le printemps, là où ils s'arrêtèrent, c'est-à-dire dans un jardin aux arbres encore frêles derrière lesquels, à l'abri des regards indiscrets, se dissimulait un restaurant.

Caroline descendit la première ; et comme d'habitude, tout se passa au pas de charge : elle descendit la première en le bousculant et en passant même par-dessus ses genoux. Elle paya, et il la suivit. Et ils entrèrent dans le restaurant, et ils s'assirent l'un à côté de l'autre sur une banquette recouverte de peluche verte, comme jadis, au temps de leur jeunesse, avant la prison. Et comme d'habitude, c'est elle qui commanda le repas, et elle le regardait, et lui n'osait pas la regarder.

– Où étais-tu passé pendant tout ce temps ? demanda-t-elle.

– Partout et nulle part, dit-il. Je retravaille seulement depuis deux jours. Tout ce temps qu'on ne s'est pas revus, moi j'ai bu, et j'ai dormi sous les ponts, comme tous ceux de mon espèce. Mais je suppose que toi, tu as mieux vécu. Avec des hommes, ajouta-t-il après un moment.

– Et toi alors ? répliqua-t-elle. Tu es un ivrogne, tu n'as pas de travail, tu dors sous les ponts, et malgré cela tu trouves le moyen de faire connaissance avec une Thérèse. Et si, par le plus grand des hasards, je n'étais pas arrivée, tu ne te serais pas gêné pour aller chez elle.

Il ne répondait rien, il se taisait, et il en fut ainsi jusqu'à ce qu'ils aient mangé la viande, et puis il y eut le fromage, et puis il y eut les fruits. Et quand il eut vidé son verre jusqu'à la dernière goutte, il ressentit à nouveau cette panique qui s'emparait si souvent de lui, il y a bien longtemps de cela, à l'époque de sa vie commune avec Caroline. Et il voulut la fuir cette fois encore et il appela :

— Garçon, l'addition !

Mais Caroline intervint aussitôt :

— Laissez, garçon, c'est pour moi !

Le garçon, un homme avisé, au regard expérimenté, dit :

— Monsieur a appelé le premier.

Ce fut donc Andreas qui paya. Pour ce faire il avait sorti tout son argent de la poche intérieure gauche de sa veste et il fut saisi d'effroi quand il s'aperçut que l'argent qu'il lui restait ne suffisait plus pour rembourser la petite sainte. Mais cet effroi fut bien vite dissipé par les vapeurs de l'alcool et il se dit à part lui : « Ces derniers temps, il m'arrive tellement de choses miraculeuses que la semaine prochaine j'aurai très certainement réussi à rassembler cet argent que je dois. »

— Mais c'est que tu es un homme riche, lui dit Caroline quand ils furent dans la rue. Tu as tout l'air de te faire entretenir par cette petite Thérèse !

Il ne répondit rien, et Caroline se dit qu'elle avait vu juste. Elle lui demanda de l'emmener au cinéma. Et il l'emmena au cinéma. Il y avait longtemps qu'il n'avait plus vu de film. Et cela faisait si longtemps qu'il n'y comprit quasiment rien, et il s'endormit sur l'épaule de Caroline. Après quoi ils allèrent dans un bal où on jouait de l'accordéon et cela faisait si longtemps qu'il n'avait plus dansé que, lorsqu'il s'y essaya avec Caroline, il ne sut plus du tout comment s'y prendre. Elle, elle était restée fraîche et désirable, et d'autres danseurs la lui enlevèrent. Il se retrouva seul à une table et but de nouveau du Pernod, et c'était comme dans le temps, ces temps d'alors où Caroline dansait avec d'autres et où lui se retrouvait seul à sa table en train de boire. Alors brusquement il se leva, l'arracha violemment des bras de son danseur, et dit :

— Allez, viens, on rentre à la maison !

Il la saisit à la nuque et ne la lâcha plus, paya, et rentra avec elle à la maison. Elle habitait à proximité.

Et tout se passa comme avant, comme avant la prison.

V

Il se réveilla très tôt le matin. Caroline dormait encore. Un oiseau, un seul, gazouillait devant la fenêtre ouverte. Il resta quelque temps allongé, les yeux grands ouverts, et tout juste quelques minutes. Et ces quelques minutes, il les employa à réfléchir. Il se dit qu'il y avait bien longtemps qu'il ne lui était pas arrivé autant de choses remarquables en l'espace d'une seule semaine. A un moment, il tourna la tête et vit Caroline à sa droite. Là, il remarqua ce qu'il n'avait pas vu la veille quand ils s'étaient rencontrés : elle avait vieilli ; son visage était pâle, bouffi, elle respirait difficilement. Cette femme qui dormait à ses côtés était une vieille femme. C'était là la marque des années, de ces années qui étaient passées à côté de lui sans qu'il les voie. Il dut alors reconnaître la transformation que lui-même avait subie. Il se leva et décida de partir, sans réveiller Caroline, en s'en remettant à ce même hasard, ou pour mieux dire à ce même destin qui, la veille, lui avait fait rencontrer Caroline. Il s'habilla et se retira comme un voleur. Une nouvelle journée s'offrait à lui, une de ces nouvelles journées dont il avait désormais l'habitude.

A vrai dire, cette journée allait plutôt être une de celles dont il avait perdu l'habitude. Car quand il mit la main dans sa poche intérieure gauche, là où il serrait cet argent qu'on lui avait donné et qu'il avait gagné depuis peu, il s'aperçut qu'il ne lui restait plus qu'un billet de cinquante francs et de la petite monnaie. Et lui qui, depuis de nombreuses années, ne savait plus ce que signifiait l'argent et qui d'ailleurs s'était complètement désintéressé de sa signification, là, maintenant, il avait peur, peur comme quelqu'un qui a toujours de l'argent en poche et qui un beau jour se retrouve dans la situation embarrassante de ne pas en avoir suffisamment. Tout à coup, dans la lueur du petit matin, au milieu de la ruelle déserte, il se sentit pauvre, et pour cette seule raison qu'il n'avait plus autant de billets dans sa poche que ces derniers jours, lui qui, tant d'années durant, avait vécu sans argent. Et la pensée lui vint que l'époque où il avait été sans argent était loin, très loin derrière lui et que ç'avait été pure folie que d'avoir dépensé pour Caroline tout cet argent qui lui aurait permis de maintenir ce niveau de vie qui convenait à sa personne.

Alors il en voulut à Caroline. Et brusquement, lui qui n'avait jamais accordé la moindre importance au fait de posséder de l'argent, il commença à apprécier la valeur de l'argent. Brusquement il estima que la possession d'un billet de cinquante francs était chose ridicule pour une personne de sa valeur. Il fallait, avant toute chose, qu'il se rende compte de sa réelle valeur et pour cela il était absolument nécessaire, s'il voulait réfléchir tranquillement sur lui-même, qu'il aille boire un Pernod.

Il se mit alors à la recherche d'un café qui lui convienne. Une fois installé, il commanda un Pernod. Et il but. Et, pendant qu'il buvait, il se souvint qu'il vivait à Paris sans permis de séjour. Il se mit à consulter ses papiers. Et il y découvrit qu'en vérité on l'avait expulsé. Car il était venu en France pour travailler dans les mines, il venait d'Olschowice, en Silésie polonaise.

VI

Après cela, tandis qu'il disposait ses papiers en lambeaux devant lui sur la table, il se souvint pourquoi, un jour, voici bien des années, il avait décidé de venir dans ce pays : il avait lu dans le journal qu'en France on cherchait des mineurs. Toute sa vie, il avait rêvé d'aller vivre dans un pays lointain. Et alors il avait travaillé dans les mines de Quebecque, et il avait logé chez le couple Schebiec, des compatriotes. Il était tombé amoureux de la femme, et alors qu'un jour le mari la rouait de coups et allait la tuer, lui, Andreas, roua de coups et tua l'homme. Il fit deux ans de prison.

Cette femme, c'était Caroline, justement.

Et Andreas pensait à tout cela en contemplant ses papiers qui, hélas ! ne valaient plus rien. Et après cela il recommanda un autre Pernod car il se sentait très malheureux.

Comme il se levait enfin, il éprouva une sensation qui ressemblait à la faim, mais de celle qui s'attaque uniquement aux buveurs. Elle est à proprement parler une sensation d'avidité (mais qui n'a pas la nourriture pour objet). Elle ne dure que quelques instants et s'apaise dès lors que celui qui la ressent se représente certaine boisson qui, à cet instant précis, lui paraît être à son goût.

Depuis longtemps déjà, Andreas avait oublié son nom de famille. Mais maintenant, comme il venait de regarder une dernière fois ses papiers périmés, il se souvenait qu'il s'appelait Kartak : Andreas Kartak. Et c'était, après de longues années, comme des retrouvailles avec lui-même.

Toutefois il en voulait dans une certaine mesure au destin de ne pas lui avoir dépêché, comme la dernière fois dans ce café, un gros homme à moustache et visage poupin qui lui aurait permis de gagner à nouveau de l'argent. Car il n'est rien à quoi l'homme s'habitue plus vite qu'aux miracles et ce d'autant plus si ces miracles se sont répétés une, deux et même trois fois de suite. Oui ! La nature de l'homme est ainsi faite qu'il va même jusqu'à se fâcher s'il n'obtient continûment ce qu'un destin, au demeurant aveugle et occasionnel, semblait lui avoir promis. Ainsi sont les hommes — et à quoi d'autre aurions-nous pu nous attendre de la part d'Andreas ? Or donc il passa le restant de la journée dans différentes tavernes et il se résignait à l'idée que le temps des miracles était passé, passé à tout jamais ; et il en prenait son parti ; et il se résignait à l'idée que les temps anciens étaient maintenant revenus. Et, résolu à se laisser sombrer lentement et inexorablement (tous les buveurs sont prêts à cela, et les gens sobres ne sauront jamais ce que c'est !), Andreas retourna sous les ponts au bord de la Seine.

Il dormit là, parfois le jour, parfois la nuit, comme il y était accoutumé depuis un an, empruntant çà et là une bouteille de schnaps à l'un ou l'autre de ses compagnons d'infortune — et ce jusqu'à la nuit du jeudi au vendredi.

Car cette nuit-là, en vérité, il rêva que la petite Thérèse venait à lui sous l'apparence d'une jeune fille aux cheveux blonds et bouclés et elle lui disait : « Pourquoi n'es-tu pas venu me voir dimanche dernier ? » Et la petite sainte ressemblait à l'image qu'il s'était faite, il y a nombre d'années, de sa propre fille. Mais enfin, il n'avait jamais eu de fille ! Et dans le rêve il disait à la petite Thérèse : « Sur quel ton me parles-tu là ? As-tu oublié que je suis ton père ? » La petite lui répondait : « Pardonne-moi, père, mais fais-moi plaisir, viens me voir après-demain, dimanche, à Sainte-Marie-des-Batignolles. »

Après cette nuit, au cours de laquelle il avait fait ce

rêve, il se leva rasséréné et dans les mêmes dispositions qu'une semaine auparavant quand se produisaient encore les miracles, comme s'il prenait ce rêve pour un vrai miracle. Cette fois encore, il voulut se laver dans le fleuve mais, avant d'ôter sa veste, il mit la main dans sa poche intérieure gauche, dans le vague espoir d'y trouver quelque argent dont il aurait ignoré l'existence. Il mit la main dans la poche intérieure gauche de sa veste et sa main n'y trouva certes aucun billet, mais bien ce portefeuille en cuir qu'il avait acheté quelques jours auparavant. Il le sortit. C'était, comme il fallait s'y attendre, un portefeuille à bon marché, usagé, et dont le propriétaire qui l'avait échangé n'attendait plus rien. Du cuir de refend. Du cuir de bœuf. Il l'examina sous toutes ses coutures car il ne se souvenait pas quand il avait bien pu l'acheter. « Comment cette chose-là a-t-elle pu arriver dans ma poche ? » se demanda-t-il encore. Il se décida finalement à l'ouvrir et il vit qu'il y avait deux compartiments. Intrigué, il regarda à l'intérieur et, dans l'un d'eux, il y avait un billet de banque. Il le sortit, et c'était un billet de mille francs.

Alors il mit les mille francs dans sa poche de pantalon et il s'avança vers le bord du fleuve, et là, sans se soucier de ses compagnons d'infortune, il se lava le visage et même le cou, et ce presque avec entrain. Il remit sa veste et remonta vers le pont et il commença ce jour en entrant dans un tabac pour acheter des cigarettes.

Maintenant, il avait suffisamment de monnaie pour s'acheter des cigarettes, mais il se demandait comment il allait s'y prendre pour changer le billet de mille francs qu'il avait trouvé si miraculeusement dans son portefeuille. Car l'expérience qu'il avait de ce monde lui faisait pressentir qu'aux yeux de ceux qui ordonnent et font le monde il devait exister une contradiction importante entre ses vêtements, son aspect à lui, et ce billet de mille francs. Toutefois, il décida, ce nouveau miracle lui ayant redonné courage, d'exhiber le billet de banque. En vérité ce qu'il restait de prudence en lui lui fit dire au monsieur qui tenait la caisse du tabac :

— Je vous en prie, si vous ne pouvez pas me rendre la monnaie sur mille francs, je peux vous payer en petite monnaie. Mais je souhaiterais néanmoins le changer.

A la stupéfaction d'Andreas, le monsieur du tabac dit :

— Au contraire ! Vous tombez bien, j'ai justement besoin d'un billet de mille francs.

Et le patron lui changea le billet de mille francs. Après cela, Andreas s'attarda un peu au bar, il but trois verres de vin blanc ; et c'était dans une certaine mesure pour remercier le destin.

VII

Tandis qu'il était ainsi accoudé au comptoir, il aperçut derrière les larges épaules du patron un dessin dans un cadre accroché au mur et qui le frappa. Et ce dessin lui rappela un ancien camarade de classe d'Olschowice. Il demanda au patron :

— Qui est-ce ? Je crois que je le connais.

Alors le patron, comme d'ailleurs tous les clients qui se trouvaient au comptoir, éclatèrent d'un rire énorme. Et tous de s'écrier :

— Ça alors, il ne le connaît pas !

Car en effet ce n'était là rien moins que le grand footballeur Kanjak, originaire de Silésie, et bien connu de tous les gens normaux. Mais comment des alcooliques, comme notre Andreas, par exemple, et qui dormaient sous les ponts de la Seine auraient-ils pu le connaître ? Il eut honte, et d'autant plus qu'il venait de changer un billet de mille francs, aussi il dit :

— Évidemment que je le connais, et c'est même mon ami. Mais enfin le dessin n'est pas très ressemblant.

Alors, et pour éviter d'autres questions, il se dépêcha de payer et s'en alla.

Maintenant il avait faim. Aussi entra-t-il dans le premier restaurant venu. Il mangea et il but du vin rouge, et après le fromage un café, puis il décida de passer l'après-midi au cinéma. Seulement il ne savait pas encore dans lequel aller. Ainsi, ayant pleinement conscience de ce qu'il possédait au moins autant d'argent que la plupart des hommes aisés qu'il croisait dans la rue, il se rendit sur les grands boulevards. Entre l'Opéra et le boulevard des Capucines, il se mit à la recherche d'un film susceptible de lui plaire, et il finit par en trouver un. Car l'affiche de ce film montrait en vérité un homme en passe de sombrer dans une aventure sans retour. On le voyait ramper à travers un désert impitoyable, brûlé par le soleil. C'est dans ce cinéma qu'Andréas entra. Il vit donc ce film où un homme traversait le désert brûlé par le soleil. Et déjà Andreas commençait à éprouver de la sympathie pour le héros du film et à se sentir proche de lui quand, soudain, le film prit une tournure heureuse et inattendue, et l'homme dans le désert fut sauvé par une expédition scientifique qui passait par là, et il fut ramené dans le giron de la civilisation européenne. A cet endroit, Andreas perdit toute sympathie pour le héros du film. Et il allait se lever, quand il vit apparaître sur l'écran l'image de ce camarade d'école dont, tout à l'heure, alors qu'il se trouvait au bar, il avait vu le portrait derrière les larges épaules du patron de la taverne. C'était le grand footballeur Kanjak. Alors Andreas se souvint que vingt ans auparavant, Kanjak et lui étaient assis sur le même banc d'école et il décida de se renseigner dès le lendemain pour savoir si son ancien camarade de classe séjournait à Paris. Car notre Andreas n'avait pas moins de neuf cent quatre-vingts francs en poche.

Ce qui n'est pas peu.

VIII

Mais avant de sortir du cinéma et compte tenu notamment de la somme assez importante qu'il avait dans la poche, il se demanda pourquoi il attendrait jusqu'au lendemain matin pour avoir l'adresse de son ami, son camarade d'école.

Alors, et toujours compte tenu de tout cet argent qui lui restait en poche, il s'enhardit jusqu'à aller demander à la caisse l'adresse de son ami, le fameux footballeur Kanjak. Il s'était dit qu'il fallait pour cela s'adresser au directeur du cinéma en personne. Mais non ! Qui donc à Paris aurait pu prétendre être plus célèbre que le footballeur Kanjak ! Déjà le portier connaissait l'adresse. Il habitait un hôtel des Champs-Élysées. Le portier lui indiqua aussi le nom de l'hôtel ; et notre Andreas se mit en route sur-le-champ.

C'était un petit hôtel distingué et calme, exactement un de ces hôtels où les footballeurs et les boxeurs, l'élite de notre temps, aiment à descendre. Dans le hall, Andreas se sentit quelque peu dépaysé, et les employés de l'hôtel, eux aussi, le trouvèrent quelque peu étrange. En tout cas, ils lui dirent que le célèbre footballeur Kanjak était chez lui et qu'il allait descendre dans le hall d'ici peu.

Quelques minutes plus tard, en effet, celui-ci descendit et ils se reconnurent aussitôt. Et, tout en restant debout, ils échangèrent de vieux souvenirs d'école, et puis ils allèrent manger ensemble, et la bonne humeur régnait. Ils allèrent manger ensemble et à un moment, cela devait arriver, le célèbre footballeur posa à son ami déchu la question suivante :

— De quoi as-tu l'air ? Qu'est-ce qui t'est arrivé ? Qu'est-ce que c'est que ces haillons que tu portes sur le dos ?

— Ce serait terrible, répondit Andreas, si je devais te raconter comment tout ça est arrivé. Et ça contribuerait à gâcher passablement la joie que nous avons à nous retrouver. Mieux vaut n'en rien dire. Parlons plutôt de ce qui peut nous réjouir.

— Des costumes, j'en ai à ne plus savoir qu'en faire, dit le célèbre footballeur Kanjak. Et ce sera une joie pour moi de te donner l'un ou l'autre. Nous avons usé nos fonds de culotte sur le même banc et tu m'as toujours laissé copier. Un costume, ce n'est rien pour moi ! Où faut-il que je te le fasse porter ?

— Nulle part, lui répondit Andreas, et pour la bonne raison que je n'ai pas d'adresse. Car, depuis quelque temps, j'habite sous les ponts de la Seine.

— Dans ce cas, dit le footballeur Kanjak, je vais te louer une chambre. Ne serait-ce que pour te faire livrer ce costume. Viens !

Après avoir mangé, ils sortirent et le footballeur Kanjak loua une chambre et celle-ci coûtait vingt-cinq francs et se trouvait non loin de cette grandiose église de Paris connue sous le nom de la Madeleine.

IX

La chambre était située au cinquième étage, et Andreas et le footballeur durent emprunter l'ascenseur. Bien entendu, Andreas n'avait pas de bagages. Cependant ni le portier, ni le garçon d'ascenseur, ni aucun autre membre du personnel ne s'en étonnèrent. Car on était là en plein miracle, et dans un miracle il n'y a rien dont il faille s'étonner. Quand ils se trouvèrent en haut dans la chambre, le footballeur Kanjak dit à son camarade de classe Andreas :

— Il te faut probablement un savon.

— Nous autres, repartit Andreas, nous vivons très bien sans savon. Je pense que je pourrais vivre ici huit jours sans savon, ce qui ne m'empêcherait pas de me laver. Mais faisons plutôt honneur à cette chambre et commandons quelque chose à boire.

Et le footballeur commanda une bouteille de cognac. Qu'ils vidèrent entièrement. Après cela, ils quittèrent la chambre, prirent un taxi et se rendirent à Montmartre, très précisément dans ce café où il y avait des filles et où Andreas avait été quelques jours auparavant. Après être restés là deux heures durant à se raconter des souvenirs de classe, le footballeur reconduisit Andreas chez lui, c'est-à-dire à la chambre d'hôtel qu'il avait louée à son intention, et là il dit :

— Il se fait tard. Je vais te laisser. Demain je te ferai apporter deux costumes. Au fait, tu as besoin d'argent ?

— Non, dit Andreas, j'ai neuf cent quatre-vingts francs, et ce n'est pas rien. Rentre chez toi.

— Je reviendrai dans deux ou trois jours, dit l'ami, le footballeur.

X

La chambre d'hôtel où habitait désormais Andreas portait le numéro quatre-vingt-neuf. Dès qu'Andreas se retrouva seul dans cette chambre, il s'installa dans le confortable fauteuil recouvert de reps rose et il se mit à examiner les objets qui l'entouraient. Il vit alors les tentures en soie rouge, parsemées de têtes de perroquets finement dorées ; sur le mur, à droite de la porte, trois boutons en ivoire ; près du lit, la lampe avec son abat-jour vert sombre posée sur la table de chevet ; un peu plus loin, une porte avec une poignée blanche, derrière laquelle paraissait se dissimuler quelque chose de mystérieux, de mystérieux pour Andreas en tout cas. Près du lit, il y avait aussi un téléphone noir et placé de telle sorte que, une fois étendu sur le lit, il suffisait de tendre la main droite pour l'atteindre.

Andreas, après avoir longuement examiné la chambre et résolu maintenant d'en faire un lieu familier, ressentit soudain la nécessité de satisfaire sa curiosité jusqu'au bout. Car cette porte avec sa poignée blanche l'irritait et, en dépit de sa peur et bien qu'il ne fût pas accoutumé aux chambres d'hôtel, il se leva, bien décidé à savoir sur quoi donnait cette porte. Pour lui, il allait de soi que cette porte devait être fermée à clef. Aussi quelle ne fut pas sa surprise quand elle s'ouvrit sans rechigner, oui, et presque même avec obligeance !

Il vit alors qu'il s'agissait d'une salle de bains, aux carreaux de faïence éblouissants, avec une baignoire rutilante et blanche, une table de toilette et ce qu'on n'eût pas manqué d'appeler dans son milieu un vrai cabinet.

Et à cet instant il ressentit le besoin de se laver, et il ouvrit les deux robinets, et fit couler de l'eau chaude et de l'eau froide dans la baignoire. Comme il se déshabillait pour entrer dans le bain, il déplora de n'avoir pas d'autre chemise car, quand il retira sa chemise, il vit qu'elle était très sale et il redouta par avance le moment où, quand il sortirait du bain, il allait devoir remettre cette même chemise. Il entra donc dans le bain. Il se dit que cela faisait bien longtemps qu'il ne s'était pas lavé, et il se baigna avec volupté. Puis, quand il fut sorti du bain et qu'il se fut rhabillé, il se retrouva planté là, ne sachant que faire.

Et ce fut plus par désœuvrement que par curiosité qu'il ouvrit la porte de sa chambre. Il fit un pas dans le corridor et aperçut alors une jeune femme qui comme lui sortait justement de sa chambre. Elle était jeune et belle. Oui, elle lui rappelait la vendeuse du magasin où il avait acheté ce portefeuille qui, quand on savait ce qu'il contenait, avait vraiment été une bonne affaire. Elle lui rappelait aussi un peu Caroline. En conséquence il s'inclina légèrement devant elle et la salua, et comme elle lui avait répondu d'un léger signe de tête, il prit son courage à deux mains et lui déclara sans détours :

— Vous êtes belle.

— Vous aussi vous me plaisez, répondit-elle. Mais... voyons-nous demain, plutôt !

Et elle s'éloigna et disparut dans l'obscurité du corridor. Mais lui, se sentant brusquement en mal d'amour, se précipita pour regarder le numéro de la chambre de la jeune femme.

Et c'était le numéro quatre-vingt-sept. Et ce numéro, il le conserva précieusement au fond de son cœur.

XI

Il retourna dans sa chambre et attendit, épiant le moindre bruit. Et il fut bientôt convaincu qu'il n'avait pas besoin d'attendre jusqu'au lendemain pour revoir la belle jeune fille. Car, bien que la série presque ininterrompue des miracles l'eût persuadé qu'il avait été touché par la grâce, il crut pourtant et précisément à cause de cela pouvoir s'autoriser, par une sorte de folle assurance de lui-même et dans une certaine mesure aussi par simple politesse, à devancer cette fois-ci l'action de la grâce sans l'offenser le moins du monde. C'est ainsi que lorsqu'il crut entendre un bruit de pas feutrés, il entrebâilla prudemment la porte de sa chambre et vit que c'était bien la jeune fille du numéro quatre-vingt-sept qui rentrait chez elle. Mais en vérité, son inexpérience était devenue telle après ces longues années qu'il ne s'aperçut même pas que la belle jeune fille avait remarqué qu'il l'épiait, ce qui dans ce genre de situation est loin d'être négligeable. En conséquence de quoi, le professionnalisme et l'habitude aidant, elle s'empressa de ranger sommairement sa chambre ; elle éteignit la grande lumière, s'allongea sur le lit, puis elle prit un livre qu'elle se mit à lire à la lueur de la lampe de chevet ; mais c'était un livre qu'elle avait déjà lu depuis longtemps.

Un instant plus tard, et comme elle s'y attendait, on frappa timidement à sa porte et Andreas entra. Il s'arrêta sur le seuil, bien que convaincu que l'instant d'après on l'inviterait à s'approcher. La jolie jeune fille n'esquissa aucun geste pour se lever, elle ne posa même pas le livre, elle se contenta de demander :

— Et que désirez-vous ?

Le bain, le savon, le fauteuil, les tentures, les têtes de perroquets et le costume, tout cela avait contribué à donner de l'assurance à Andreas. Il répondit :

— Je ne puis attendre jusqu'à demain, mademoiselle.

La jeune fille se taisait.

Andreas s'approcha d'elle, lui demanda ce qu'elle lisait, et il lui dit franchement :

— Je ne m'intéresse pas aux livres.

— Je suis seulement de passage, dit la jeune fille sur le lit, je ne reste que jusqu'à dimanche. Car, lundi, je me produis à Cannes.

— Que faites-vous ? demanda Andreas.

— Je suis danseuse au casino. Je m'appelle Gaby. Vous n'avez jamais entendu ce nom ?

— Bien sûr que si, je l'ai lu dans les journaux, mentit Andreas (qui voulut ajouter : des journaux qui me servent de couverture, mais il sut se retenir à temps).

Il s'assit sur le rebord du lit, et la belle jeune fille n'y voyait aucun inconvénient, elle posa même le livre et Andreas passa la nuit dans la chambre quatre-vingt-sept.

XII

Le samedi matin, il se réveilla avec la ferme résolution de ne plus se séparer de la belle fille jusqu'à son départ. Oui, et même il caressait le tendre projet d'un voyage à Cannes en compagnie de la jeune femme car, comme tous les pauvres gens, il avait tendance (et en particulier les pauvres gens qui boivent) à s'imaginer que le peu d'argent qu'il avait en poche constituait une grosse somme. Ainsi, ce matin-là, il refit le compte de ses neuf cent quatre-vingts francs. Et parce que cette somme se trouvait dans un portefeuille et ce portefeuille dans un costume neuf, il s'imaginait posséder dix fois plus. Aussi cela ne l'émut pas outre mesure quand, une heure après qu'il l'eut quittée, la belle jeune fille entra chez lui sans frapper, et qu'elle lui demanda comment ils allaient passer ensemble le samedi qui précédait son départ pour Cannes. Il lança sans plus réfléchir : « Fontainebleau. » Ce nom, il avait dû l'entendre quelque part, peut-être en rêve, ou dans un état proche du rêve. En tout cas, il ne savait plus pourquoi ni comment ce nom-là lui était venu sur les lèvres.

Ils commandèrent un taxi et se rendirent à Fontainebleau. Et là-bas, il s'avéra que la belle jeune fille connaissait un bon restaurant où les mets étaient délectables et les vins capiteux. Et le garçon, elle le connaissait et elle l'appelait par son prénom. Peut-être même que notre Andreas aurait pu se fâcher s'il avait été de nature jalouse. Mais il n'était pas jaloux, donc il ne se fâcha pas. Ils passèrent donc un moment à manger et à boire, puis ils reprirent la route de Paris, toujours en taxi, et quand Paris, resplendissant dans la lumière du soir vint s'offrir à leurs regards, ils ne surent qu'en faire, comme ces gens qui ne savent que faire d'eux-mêmes parce qu'ils ne vont pas ensemble et que le seul hasard les pousse l'un vers l'autre. Au loin, devant eux, la nuit s'étendait comme un désert par trop lumineux.

Et ils ne surent plus que faire l'un de l'autre. Ils avaient gaspillé ce moment essentiel qui est donné en partage à l'homme et à la femme. Aussi décidèrent-ils de faire ce à quoi se résolvent les hommes de notre temps sitôt qu'ils ne savent plus que faire. Ils allèrent au cinéma. Et ils demeurèrent assis là, côte à côte. Mais, pour eux, il n'y eut ni ténèbre ni obscurité et c'est dans un pauvre demi-jour qu'ils se donnèrent la main, notre ami Andreas et la jeune fille. Il lui serrait la main, mais sans aucun plaisir et cela le faisait souffrir. Lui, Andreas. Alors, à l'entracte, il décida de sortir dans le hall avec la jolie fille et de boire ; et ils sortirent tous deux et ils burent. Le cinéma ne l'intéressait plus du tout. Un sentiment de malaise s'était installé entre eux et c'est avec une certaine anxiété qu'ils entrèrent ensemble à l'hôtel.

Le lendemain matin, c'était un dimanche, Andreas se réveilla avec cette seule pensée qu'il était de son devoir de rapporter l'argent. Il se leva avec beaucoup plus de hâte que la veille, et même avec tant de hâte que la jeune fille se réveilla en sursaut et lui demanda :

— Pourquoi es-tu si pressé, Andreas ?

— Je dois de l'argent et il faut que j'aille le rendre, dit Andreas.

— Comment ? Un dimanche ? s'étonna la belle jeune fille.

— Oui, aujourd'hui même, dimanche, répondit Andreas.

— C'est à une femme ou à un homme que tu dois l'argent ?

— A une femme, répondit en hésitant Andreas.

— Comment s'appelle-t-elle ?

— Thérèse.

Alors la belle fille se rua sur Andreas et lui envoya ses deux poings dans la figure.

Et alors Andreas s'enfuit de la chambre et quitta l'hôtel. Et, sans même se retourner, il s'élança en direction de Sainte-Marie-des-Batignolles, persuadé qu'aujourd'hui enfin il pourrait rendre les deux cents francs à la petite Thérèse.

XIII

Or la Providence voulut qu'Andreas arrivât, cette fois-ci encore, juste après la messe de dix heures — la Providence, ou le hasard, pour parler comme des gens moins croyants. Il va de soi qu'il ne manqua pas d'apercevoir près de l'église le bistrot dans lequel il avait bu la dernière fois. Et comme de bien entendu il y entra.

Il commanda donc à boire. Mais par précaution, et tous les pauvres de ce monde, eussent-ils vécu miracle sur miracle, auraient fait de même, il voulut vérifier d'abord s'il lui restait suffisamment d'argent et il sortit son portefeuille. Et là, il constata que de ses neuf cent quatre-vingts francs, c'est à peine s'il en restait quelque chose.

En vérité, il ne lui restait que deux cent cinquante francs. Il réfléchit et il comprit que la belle fille de l'hôtel lui avait pris son argent. Mais notre Andreas n'en fut pas plus tourmenté que cela. Il se dit qu'il lui fallait payer pour prendre du plaisir et, du plaisir, il en avait pris, il fallait donc qu'il paie.

Il attendrait ici jusqu'à ce que les cloches sonnent, les cloches de la chapelle voisine, et il irait à la messe, et il s'acquitterait enfin de sa dette envers la petite sainte. Entre-temps, il allait boire et il commanda à boire. Il but. Les cloches se mirent à bourdonner, elles appelaient les fidèles à la messe. Lui il appela le garçon :

— L'addition, s'il vous plaît !

Il paya, se leva, sortit et, juste devant la porte, il se heurta à un homme à la carrure imposante. Aussitôt Andreas l'appela par son nom :

— Woitech !

Et l'autre s'écria au même instant :

— Andreas !

Ils tombèrent dans les bras l'un de l'autre car ils avaient travaillé ensemble à Quebecque, au fond de la même mine.

— Si tu veux, attends-moi ici, dit Andreas, je n'en ai pas pour longtemps, pour vingt minutes tout au plus, le temps que dure la messe.

— Ah ça non ! Il n'en est pas question, dit Woitech. Dis donc, depuis quand tu vas à la messe, toi ! Je ne peux pas sentir les curés et encore moins les gens qui fréquentent les curés.

— Mais c'est chez la petite Thérèse que je vais, dit Andreas, je lui dois de l'argent.

— Tu veux parler de la petite sainte Thérèse ? demanda Woitech.

— Oui, c'est elle, répondit Andreas.

— Tu lui dois combien ? demanda Woitech.

— Deux cents francs, dit Andreas.

— Dans ce cas alors, je t'accompagne, dit Woitech.

Les cloches sonnaient toujours. Ils entrèrent dans l'église et quand ils furent à l'intérieur, sitôt que la messe commença, Woitech lui chuchota à l'oreille :

— Vite, donne-moi cent francs ! Je viens tout juste de me rappeler qu'il y en a un là, en face, qui m'attend. Autrement je vais me retrouver en prison !

Sans réfléchir davantage, Andreas lui donna les deux billets de cent francs qu'il lui restait et dit :

— J'arrive tout de suite.

Et quand il se rendit compte qu'il n'avait plus d'argent pour rembourser Thérèse, il considéra que cela n'avait plus de sens d'assister plus longtemps à la messe. Et, par simple respect des convenances, il attendit encore cinq minutes avant d'aller rejoindre le bistrot où Woitech l'attendait.

Quand ils se retrouvèrent, ils jurèrent de ne plus se quitter.

Bien sûr, cet ami à qui Woitech devait de l'argent n'avait jamais existé. En fait, le billet de cent francs qu'Andreas lui avait prêté, il l'avait caché dans son mouchoir, en prenant bien soin d'y faire un nœud. Avec l'autre billet de cent francs, il invita Andreas à boire, puis il lui paya encore une fois à boire, et encore à boire et, dans la nuit, ils se rendirent dans cette maison où se trouvaient ces jeunes filles complaisantes, et ils passèrent là-bas trois jours entiers sans se quitter, et quand ils ressortirent de là, ils s'aperçurent qu'on était mardi, et Woitech se sépara d'Andreas sur ces paroles :

— A dimanche, même heure, même endroit.

— Salut, dit Andreas.

— Salut, dit Woitech, et il disparut.

XIV

Ce mardi après-midi-là, il pleuvait, et il pleuvait si dru que l'instant d'après Woitech avait effectivement disparu. C'est du moins ce qu'il sembla à Andreas.

Il lui sembla qu'il avait perdu son ami dans la pluie, exactement comme il l'avait retrouvé. Et comme il n'avait quasiment plus d'argent en poche hormis trente-cinq francs, et qu'il se croyait chéri par la fortune, il ne doutait pas un seul instant qu'un nouveau miracle se produirait.

C'est pourquoi il décida, à l'instar de tous les pauvres et de tous ceux qui s'adonnent à la boisson, de s'en remettre une fois de plus à ce dieu, à ce seul dieu auquel il croyait. Il s'engagea alors dans cet escalier qu'il connaissait bien et qui mène là où se réfugient les sans-abri.

Il se trouva nez à nez avec un homme qui s'apprêtait à gravir les marches et qui ressemblait fort à quelqu'un qu'il connaissait très bien. Andreas le salua courtoisement. C'était un monsieur d'un certain âge, à la mise soignée. Il s'arrêta, considéra attentivement Andreas et demanda à la fin :

— Avez-vous besoin d'argent, cher monsieur ?

Andreas reconnut la voix du monsieur, c'était lui qu'il avait rencontré trois semaines auparavant. Alors il dit :

— Je n'ai pas oublié que je vous dois de l'argent, je devais le rapporter à sainte Thérèse, mais je n'ai pas pu. Tant de choses s'y sont opposées, vous savez. Trois fois, déjà, j'ai essayé de rendre l'argent, et à chaque fois quelque chose d'autre s'y opposait.

— Vous faites erreur, dit le monsieur d'un certain âge et bien vêtu, je n'ai pas l'honneur de vous connaître. Vous devez me prendre pour quelqu'un d'autre ; mais il me semble que vous êtes dans une situation embarrassante. Maintenant, en ce qui concerne la petite sainte Thérèse dont vous venez de me parler, je puis vous dire que je me sens humainement très proche d'elle et que je lui suis attaché au point que je suis prêt, cela va sans dire, à vous avancer l'argent que vous lui devez. Combien lui devez-vous ?

– Deux cents francs, répondit Andreas. Mais pardonnez-moi, vous ne me connaissez pas ! Je suis un homme d'honneur, et vous aurez du mal à me réclamer cet argent. Je suis un homme d'honneur, et je n'ai pas d'adresse. Je suis un homme d'honneur, et je dors sous l'un de ces ponts.

– Oh ! Ça ne fait rien, dit le monsieur. Moi aussi je dors là. Et en acceptant cet argent, vous me rendriez un service pour lequel je ne saurai jamais assez vous remercier. Car, moi aussi, je suis redevable de tant de choses à la petite Thérèse !

– Eh bien, dit Andreas, s'il en est ainsi, veuillez considérer que je me tiens à votre disposition.

Il prit l'argent, attendit que le monsieur soit arrivé en haut de l'escalier pour s'y engager à son tour et se rendit alors directement rue des Quatre-Vents au *Tari-Bari,* ce restaurant russo-arménien où il allait depuis longtemps. Il y demeura jusqu'au samedi soir. Car, dimanche matin, il devait aller à la chapelle Sainte-Marie-des-Batignolles.

XV

Au *Tari-Bari,* il y avait beaucoup de monde car nombreux étaient les sans-abri qui y dormaient. Ils passaient là des jours entiers, des nuits entières, le jour au comptoir, la nuit sur les banquettes. Le dimanche matin, Andreas se leva très tôt ; non pas tellement par crainte de manquer la messe, non : c'était plutôt à cause du patron ; il avait peur que celui-ci vienne lui réclamer son dû, à savoir l'argent pour tous ces jours passés chez lui, sans parler même des boissons et des repas.

Mais il se trompait, car le patron s'était levé bien plus tôt que lui. En effet, ce patron le connaissait depuis bien longtemps et il savait que notre Andreas était enclin à saisir toutes les occasions pour ne pas payer son dû. En conséquence, notre Andreas dut payer pour toute la période du mardi au dimanche, il dut donner beaucoup d'argent pour les repas et les boissons et il dut payer bien plus encore que ce qu'il avait réellement mangé et bu. Car le patron du *Tari-Bari* savait distinguer parmi ses clients ceux qui savaient compter et ceux qui ne savaient pas. Mais, notre Andreas appartenait, comme tant d'autres buveurs, à la catégorie de ceux qui ne savaient pas compter. Andreas dépensa ainsi une grande partie de son argent et, néanmoins, il prit la direction de Sainte-Marie-des-Batignolles. Pourtant il savait bien qu'il n'avait plus assez d'argent pour payer tout ce qu'il devait à sainte Thérèse ! Et il pensait aussi bien à son ami Woitech, avec qui il avait rendez-vous, qu'à sa petite créancière.

Ainsi donc il arriva à proximité de la chapelle. Hélas ! cette fois-ci encore, il était trop tard, la messe de dix heures venait de se terminer et, cette fois encore, il rencontra le flot des fidèles sortant de l'église. Et comme il s'apprêtait à prendre le chemin du bistrot, il entendit qu'on appelait derrière lui et il sentit soudain une main vigoureuse sur son épaule. Et comme il se retournait, il vit que c'était un policier.

Notre Andreas qui, comme nous le savons, comme nombre de ses semblables, n'avait pas de papiers prit peur et mit la main à sa poche simplement pour donner l'impression qu'il avait quelque papier à présenter. Mais le policier dit :

— Je sais bien ce que vous cherchez. Ne cherchez pas. Vous ne trouverez pas. Du moins pas dans votre poche ! Vous venez de perdre votre portefeuille. Le voici. Et, ajouta-t-il d'un air blagueur, voilà ce que c'est que de boire trop d'apéritifs le dimanche matin !

Andreas s'empara vivement du portefeuille, il eut assez de sang-froid pour saluer le policier et fila tout droit au bistrot.

Là, il trouva Woitech déjà installé. Il lui fallut un long moment pour s'apercevoir qu'il était là. Mais quand il l'eut découvert, il le salua d'autant plus cordialement. Et ils se répandirent en politesses, chacun voulant avoir le privilège d'inviter l'autre. Puis Woitech, courtois comme la plupart des hommes savent l'être, se leva de sa banquette et proposa à Andreas la place d'honneur et, tout chancelant qu'il était, il réussit à faire le tour de la table, s'assit en face sur une chaise et lui prodigua force compliments. Ils burent exclusivement du Pernod.

— Il m'est encore arrivé quelque chose d'extraordinaire, dit Andreas. Comme j'étais là-bas, en face, et m'apprêtais à venir à notre rendez-vous, un policier me saisit par l'épaule et me dit : « Vous avez perdu votre portefeuille. » Et il m'en donne un qui jamais au grand jamais ne m'a appartenu, je l'empoche et j'aimerais bien voir maintenant ce que c'est que ce portefeuille.

Et, disant cela, il sort le portefeuille et l'examine, il y trouve toutes sortes de papiers qui ne le concernent en rien, et y découvre de l'argent, compte les billets, et cela fait exactement deux cents francs. Et alors Andreas dit :

— Tu vois ! C'est un signe de Dieu. Maintenant je vais aller en face et je vais enfin payer ma dette !

— Rien ne presse, répondit Woitech, attends au moins que la messe soit terminée. A quoi ça te servirait d'y aller pendant la messe ? De toute façon tu ne pourrais pas rendre l'argent pendant la messe. Tu iras à la sacristie tout à l'heure, mais en attendant, buvons !

— Bien sûr, comme tu voudras, répondit Andreas.

A cet instant, la porte s'ouvrit et, tandis qu'Andreas éprouvait une douleur étrange à l'endroit du cœur et une sensation d'extrême faiblesse dans la tête, il vit entrer une toute jeune fille qui vint s'asseoir sur la banquette tout juste en face de lui. Elle était très jeune, si jeune ! Il n'avait, lui semblait-il, jamais vu une jeune fille aussi jeune. Elle était tout habillée d'azur, oui, elle avait la couleur de l'azur, cette couleur qu'ont seuls certains ciels, en de certains jours — jours bénis entre tous.

Alors il s'avança en titubant vers la jeune enfant, s'inclina et dit :

— Que faites-vous ici ?

— J'attends mes parents, dit-elle, la messe vient de finir, ils ne vont pas tarder ; ils doivent venir me chercher ici. C'est comme cela un dimanche sur quatre.

Et elle était tout intimidée par cet homme d'un certain âge qui l'avait abordée si brusquement. Elle avait un peu peur de lui.

Alors Andreas demanda :

– Comment vous appelez-vous ?

– Thérèse, dit-elle.

– Ah ! s'écria Andreas, comme c'est charmant ! Je n'aurais pas cru qu'une aussi grande, une aussi petite sainte, une aussi grande, une aussi petite créancière me ferait l'honneur de venir jusqu'à moi, moi qui devais, depuis longtemps, aller à elle et qui n'ai jamais su le faire.

– Je ne comprends pas ce que vous dites, dit la petite demoiselle, assez troublée.

– Quelle délicatesse de votre part, répondit à cet endroit Andreas. Quelle délicatesse, et comme je sais l'apprécier ! Je vous dois deux cents francs depuis bien longtemps et je n'aurai même pas réussi à vous les rapporter, très sainte demoiselle !

– Vous ne me devez pas d'argent mais, si vous voulez, j'en ai un peu là, dans mon sac à main. Tenez, prenez ça et partez. Car mes parents vont bientôt arriver.

Et ce disant, elle sortit un billet de cent francs de son petit sac et le lui tendit.

Tout ceci, Woitech avait pu l'observer dans le miroir. Et il se leva tout chancelant de son siège, commanda deux Pernod et voulut entraîner notre Andreas au comptoir pour boire avec lui. Mais avant même qu'Andreas puisse s'avancer vers le comptoir, le voilà qui s'écroule comme un sac, et tous les clients du bistrot prennent peur, et Woitech aussi. Et tout particulièrement la jeune fille qui s'appelle Thérèse. Et, comme à proximité on ne trouve ni médecin ni pharmacie, on le transporte non sans peine dans la chapelle, et en vérité dans la sacristie, parce que, à en croire les garçons qui pourtant ne sont pas particulièrement croyants, pour ce qui est des mourants et de la mort, les prêtres doivent tout de même s'y connaître un peu ; et la demoiselle qui s'appelle Thérèse l'accompagne : elle ne peut faire autrement.

On emmène donc notre pauvre Andreas dans la sacristie et il ne peut, hélas ! plus rien dire, il fait seulement un geste comme s'il voulait mettre la main dans sa poche intérieure gauche, là où se trouve l'argent qu'il doit à sa petite créancière, et il dit :

— Mademoiselle Thérèse !

Puis il rend son dernier souffle et meurt.

Que Dieu nous accorde à nous tous, à nous autres buveurs, une mort aussi douce et aussi belle !

Du même auteur

AUX MÊMES ÉDITIONS

La Marche de Radetzky
roman, 1982
«Points», n° P 8

La Crypte des capucins
roman, 1983
«Points», n° P 196

Tarabas, un hôte sur cette terre
roman, 1985
«Points Roman», n° R 389

Juifs en errance
suivi de
L'Antéchrist
essais, 1986

La Rébellion
roman, 1988
«Points Roman», n° R 444

Les Fausses Mesures
roman, 1989

Croquis de voyage
récits, 1994

Le Marchand de corail
nouvelles, 1996

également
par David Bronsen
Joseph Roth
biographie, 1994

À PARAÎTRE

Le Roman des Cent-Jours

Lettres choisies

Droite et gauche

Zipper et son père

AUX ÉDITIONS GALLIMARD

La Fuite sans fin
roman, 1929 et 1985

La Toile d'araignée
roman, 1970 et 1991

Le Prophète muet
roman, 1972

Conte de la 1002e nuit
roman, 1973

Hôtel Savoy
roman, 1987

AUX ÉDITIONS CALMANN-LÉVY

Le Poids de la grâce
roman, 1982 et 1991

AUX ÉDITIONS BOURGOIS

Notre assassin
roman, 1994

IMPRIMERIE HÉRISSEY À ÉVREUX (9-97)
DÉPÔT LÉGAL : OCTOBRE 1986. N° 9340-4 (78036)